AF432055

9 789977 868443

غموض الحياة

تأليف

مروان محمد عبد الناصر

اسم الكتاب: غموض الحياة

نوع الكتاب : مجموعة خواطر

تأليف: مراوان عبد الناصر

التدقيق اللغوي: دعاء عطية

تنسيق داخلي وتعبئة: جهاد محمود سيد

تصميم الغلاف: مليكة محمد

رقم الإيداع: 2024/19083

الترقيم الدولي I.S.B.N: 978-977-86884-4-3

____

جمهورية مصر العربية ـ القاهرة

مدير النشر: أحمد مكي جهاد محمود

01142340175 –01208209008

Ahmedmakay79@gmail.com

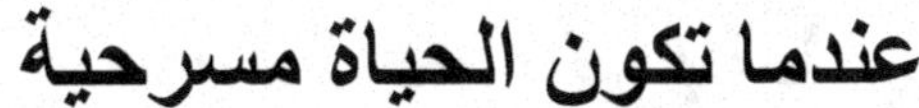

نحن نعيش في حياة مثل فلم كبير

في مسرحية مشهورة جدًا

وممثلوها كُثُر، ويمثلون باحتراف...

عنوان هذه المسرحية

إذا انكسر قلبك ثم تألمت من الأقارب اعلم أنك تعلمت جيدًا، وهذا هو عنوان المسرحية...

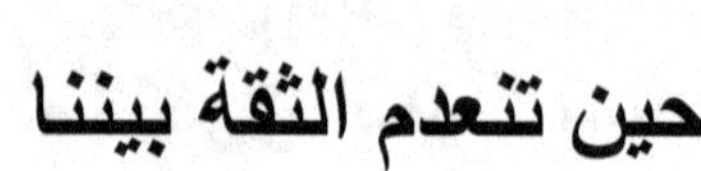

انعدام الثقة مثل حياة بلا نوم

أم مثل رحيل بلا رجوع

أم مثل كل شيء مستحيل في الحياة

كما أن انعدام الثقة جعلني أتألم وأخاف من الاقتراب من الأشخاص الآخرين

دائمًا يكون هناك شيء يكسرني ويحبطني ولكني ما عدت أثق بهم حتى لا يخذلني أحد

عندما يأتي الليل

قد جاء هدوء الليل؛ حتى يثبت لي أن صوت البكاء والحزن بداخلي وليس من حولي

أجمل ما في حياتي هو الماضي، شيء جميل ودائمًا الذكريات الجميلة لا تُمحى حتى لو كان أصحابها ليسوا معنا.

أكثر شيء يكسر قلبي هو أنتِ

أتجمل وأحسن من نفسي لكي أسعدك ولكني أحتاج لمن يسعدني ويفرح قلبي، إحساس مؤلم جدًا.

أنا الشيء الذي احتار الجميع في تفسيره، أظن أن كل من قال لي؛ أحبك ولن أتركك حتى يرجع التراب لأصله ونموت...

وثقت بهم ولكني لم أكن أعرف أنهم سيخذلونني يومًا ما، كنت لا أحب أحدًا سواهم، حتى أصبحت لا أعلم ما الذي يؤلمني.

لا أثق بأحد سوى نفسي

أمتلك ثقة مثل التاريخ لا تتكرر

لا أتماشى مع ما يحبه الناس، صنعت لنفسي شيئًا جميلًا عن هذا الشيء، لا يعنيني رأي الآخرين؛ لأن كلامهم مثل التراب يطير في الهواء، وإذا لم يذهب في الهواء يُداس عليه بأرجل الآخرين...

هكذا يا رفيقي لا تتماشى مع كل ما يهواه أحدهم، أنت أفضل منهم بكثير.

الوداع الأخير بيننا

وآخر مُحادثة بيني وبينك،

لا تُبقِ ذكراها إلا حتى على هاتفك، احذف كل شيء كان بيني وبينك يومًا ما، وكان الوداع الأخير بيننا، أدعو الله لك أن يسعدك في حياتك، وانتهى كل ما كان بيني وبينك يومًا ما، وتعلق الأمر على هذه الحال، أراك مرة أخرى على خير.

قلبي مُتيم بك، كيف أنساك؟

كيف أنسى شخصًا كان يسكن قلبي وروحي يومًا ما؟

من المؤكد أن نسيانك سيكون شيئًا مستحيلًا؛ لأني أحببتك لهذه الدرجة المؤلمة، وكأني أمتلك الكثير من المال والحب والرضا حين رأيت ابتسامتك يا ساكن الروح...

لن أقدر على نسيانك.

أحيانًا تكون الصخور والحجارة أهون وأحن بكثير من قلوب من أحببناهم.

لا تعايرني على جرح أنت لا تعرف قيمته، رسمت على وجهك الابتسامة وأنا أكثر شخص كنت أحتاج إليها، ماذا فعلت معي سوى أنك تركت لي جرحًا لا يشفيه ألف طبيب؟

ابتسامة أمي تكفي

يليق بك أن تكون ضوءً لا ينطفئ أبدًا.

دائمًا يكون العوض من الله جميل جدًا ويستحق الانتظار.

ابتسامة أمي دائمًا تنسيني حزنًا وتعبًا كثيرًا، وتعوضني عن كل شيء سبب الحزن والألم لقلبي، ويكفي وجود أمي وضحكتها في حياتي هذا هو العوض الجميل.

كن دائمًا مبتسمًا وقل: الحمد لله دائمًا وأبدًا.

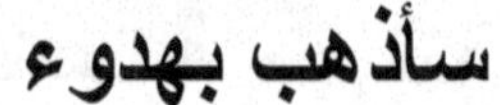

سأذهب بهدوء

لكل من أزعجته وأغضبته دون قصد: أرجو السماح.
ولكل من أحزنني وكسر قلبي: الآن أنا أسامح الجميع.

ما عاد شيء بداخلي يتألم، أنا والجراح أصبحنا صحبة جيدة، ولا أحد يفرقنا عن بعضنا البعض حتى الموت.

يا من تعشقون سقوطي، لقد تحطم قلبي وأصبح سريع النبضات حتى أن قلبي يكاد يتعب وتقف نبضاته.
الله خلق الإنسان من تراب وأنا أقترب من ميعاد موتي حتى يرجع التراب إلى أصله، ويدفن جسدي تحته.

أيام من حياتي

كلها أيام وبتتعاش، ابني نفسك وتجاهل اللي عاوزين يدمروك، ارمي الصعب ورا ضهرك، اعتبر إنه مجاش، قول: يا روحي سامحيني على أيام ضاعت من عمري على ناس متستهلهاش، سيب الناس الرخيصة، اعمل عرض وبيعهم ببلاش، قدامك العمر بيخلص والسنين مبتستناش، ظهرت عيوبهم لما جيت أسيبهم، وبان الغل، طلعت خلق متتوصاش، الدنيا بقت صعبة وحواراتها كتير، وشوش الناس بتتغير وبقا ليها ألوان كتير.

حين يبكي الرجل

دموع الراجل وقت الفراق مش مفروض إنها عيب، ولكن بتكون كسرة قلب بزيادة، الراجل الحنين مش ضعيف ولا مغفل، ولكن قلب أبيض وصعب يجرح حد بسهولة، الحب إجباري ومش بالكيف، ولو في يوم نمت مجروح وكان الجارح حب عمرك، سيبه يروح وافرح بعمرك، جرح الحب ملوش طبيب أهديتك حبًا يحتاجه ألف مريض، وما كنت متخيل رد فعلك اللي كسرني وعايز يخسرني، احتياجي ليك وقت ضعفي مكنش يخص كرامتي، مكنش قدامي حد غيرك أتسند عليه، ولكن يشهد الله على حبي لك استودعتك الله يا ساكن قلبي.

أحسن اختياراتك

محدش هيشيل معاك في وجعك الكل هيعمل مش داري، وإن يوم الدنيا تضيق بيك وتشد رياحها وتستقوا عليك، وقتها هتحس إن أنت لوحدك وتصفي في ناس ملهاش أي أساس ولا لزمه بوجودهم في حياتك، أحسن اختياراتك واللي فاتك اسمه فاتك، فوق وركز في حياتك.

اللي زيي شَبّ عجز لما شاف نفسه في مراية، ازاي بقيت وحيد بعد موت أبويا وامي وأخواتي اللي كانوا معايا، صوت أطفال بتموت، وهدم البيوت وناس بتجري خايفة تموت، عُمر الوقت مهيمحيكم، وأمي وأبويا أنتوا في قلبي ومش ناسيكم...

موتك يا أمي على عيني، مكنش بإيدك تسِببيني والله عارف ولكن الضربة جت فجأة، حتى أبويا كان قصادي أخدنا في حضنه ومات ساعتها، وكان مخضوض من صرخة أمي ووقعتها،

سؤال بقوله اليوم بطوله:

ليه يموتوا هما وسَبوني لوحدي عايش وفي دموعي غرقان؟

خلاص مليت أكون وحيد، وبقيت تعبان.

الحب هو وردة تروى بماء الصدق والوفاء

الإخلاص والصدق في الإحساس والمشاعر،
الصدق عند العهد، والإخلاص لمن تحب حتى لو
ابتعدت المسافات، الحب ليس كلمات تُقال ويخط بها
سطورًا وأشعارًا وقوافي، لا، الحب أساسه الاحترام
والاهتمام والثقة والخوف على من نحبهم من أنفسنا
وقسوة الزمان.

الحب هو الوفاء والإخلاص، والطُهر والنقاء. الحب هو
أجمل عطايا الكون للقلوب، رحمة وتسامح وتضحية.

الحب أفعال وليس أقوالًا ووعودًا.

الحب قطرة في بحر المعاني.

مش هقول إنك خسرتي

مش هلومك مش هعاتبك

يلا كتر ألف خيرك

في الحقيقة أنتِ اللي سبتي

لكن بقول أنا اللي بايع

مش هراجع الحسابات

وأنا عارف حقي ضايع

مش هبص على اللي فات

مش هقلب في الدفاتر

وإيه يجبرني على القعاد

مع حد لجميلي ناكر

زمان كنتِ بتزعلي لو مرة

جيت أعاتبك وبتهدديني

بالفراق وأنا قلبي

ضعيف ومش قده

اللي زيي شَبّ عجز لما شاف

نفسه في مراية خلاص

يا أمى بقيت وحيد بعد

كل تعبي وشقايا

ومنين يجيلي صبر وحبيبتي مش معايا

أكدب لو قُلت نسيتك

ومش بحلم برجوعك

بكتب لقلبك كل يوم جوابات

نفسي نرجع وننسى اللي فات

فاكر زمان جتلي بقلب حزين

رسمت الضحكة على وشك وبزيادة

وزرعت في أرضك الورد

وكنت ليك أنا حضن دافي وقلب كافي، وشمس

طالعة ونورها صافي بعد مطر وغيوم،

قالوا: إن الحب جميل، قلت: لو من الطرفين.

قلت زمان: أنا جنبك، طب أنا دلوقتي محتجلك أنت فين؟

لقيت لقلبك حبيب؟ سبتني وبعدت وجبتها في النصيب؟

أخرتها تنساني وتلاقي لقلبك حبيب!

توعدني ليه بحبك وأنت مش عشاني؟

حبيت في قلب ظالم وأناني، وعد مني مش هحن ولا هرجع ليك في يوم تاني

خليني أشوفك لو صدفة

لو كان فراقي مش فارق معاك

يا ريت ترجع طمني عليك وامشي تاني،

بقول: يا ريت أشوفك ولو صدفة في مكان

وتحن وترجع لأيام زمان؛ أيام كنت بتضحك وتنسى قلبي مرار الأيام، مبقاش للفرحة إحساس، واحد زيي بيحب الخير لكل الناس وبحكم قلوبهم وسوادهم ظلموني وكنت بالظلم أنا راضي، مش محتاج من الدنيا غير الراحة والراحة في وجودهم بتكُنلي جنة. يا ريت ترجع وأعيش معاك.

لم يحب أحد أي أحد

بعض البشر عندما يكون

بينهم قصة حب وتنتهي

بينهم الحديث ويفترقون،

يقول الشخص الذي أحب بكل قلبه:

سيندم يومًا ما،

اعلم يا صديقي أنهم هم من اختاروا الابتعاد؛ لأنهم لم
يحبوك منذ البداية،

فلا تشغل بالك بأحد

أنت لا تكون حتى ذكرى

عنده.

لا تحزن هُناك من يحبوننا ونعشقهم

لماذا تحزن يا رفيقي،

أين طموحك بالحياة؟ أين أحلامك؟ أبقهم أمامك وأكمل الطريق إليهم، من المؤكد أنه عندما تحقق الهدف سوف تعرف أن وجودك في الحياة له قيمة، وعليك بتقدير قيمة حبك للحياة عندما تصل إلى حلمك.

جلست يومًا في غُرفتي تذكرت أفعالكم معي، وتذكرت كيف كنتم تتحدثون عني بالسوء، وكيف وكنت أتحمل الكثير من الصدمات منكم.

ما خسرت شيئًا بعد رحيلكم، لكن كسبت نفسي عند رحيلكم.

عن إحساس الغربة

لا شيء في الكون

يعوضني عن عمري

في الابتعاد عن أهلي

إحساسي بالرحيل

أنني لا أعود إلى أهلي

قبل أن أملأ كأسي من

دموع عيني

لا أحد يعلم ما بدخلي

أصبحت الآن مثل

سفينة لا ترسى في ميناء

ولكن عند كل ذهاب

من وطني يبكي قلبي

دموع حزينة

ترون ملامح وجهي مبتسمة

ولكن كل ضحكة

تخفي خلفها كسرة

وجع الرحيل لا يعلم

به أحد سوى من عاش به

ولكل بيت شخص

غالٍ لم يعد موجودًا

لا معنى لحياتي دون أهلي

أحسب يوم رجوعي

إلى أهلي في كل صباح

تفتح فيه عيوني وأنتظر

العودة حتى تستريح جفوني

الحب بداخلي

لحظة رجوعك ليا بعد غياب كتير وسهر وتفكير...

كنت أنا حابب الوحدة، وقلت: يحرم عليا أحب من بعدك، لقيتك فجأة جتلي وكنت صادق عند وعدك، ملقتش كلام أقولهولك، يا ريت إحساسي برجوعك أوصفهولك، كنت زي أمير تايه في جزيرة، وكان صعب إنه يلاقي أميرة.

بحبك مهما طال ليلي.

عندما مات شخصي المفضل...

فراق من نحبه يؤلم... سيبقى وجع فراقك بداخلي حتى يدفن جسدي بجانبك تحت التراب، ستبقى صورتك في عيني حتى أراك في منامي، سيبقى صوتك في أذني حتى يرتاح قلبي عند منامي.

عندما فارقت قلبك لم يعد أحد ينصحني بشيء جيد، لا أحد يحدثني عن تعبه ومجهوده في يوم ما مضى من عمره، لماذا فارقتني وأنت تعلم جيدًا أنك أنت السند الوحيد الدائم في حياتي، يا ليت وجودك في حياتي يعود يومًا.

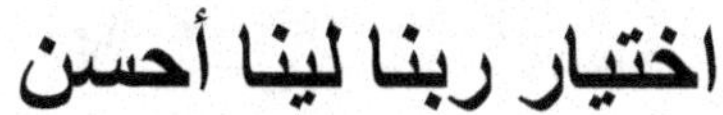

اختيار ربنا لينا أحسن

العوض من ربنا دايمًا يستحق الانتظار...

متزعلش على اللي راح منك، ياما ناس حبيناهم وربنا بعّدهم عننا؛ عشان شاف حاجة احنا مكُناش واخدين بالنا منها، وعشان من غير قصد حبيناهم فكسرونا، بالله لو نعلم بما في الغيب لاخترنا الواقع.

مهما كان حجم همومك وانشغالك أكمل الطريق إلى حلمك، أخفِ وجعك وجروحك بداخلك وأخبرهم أنه لا شيء يؤلمك أو يمنعك من الوصول إلى حلمك؛ لأن لا أحد يحب لك الخير، لا أحد غيره، أكمل الطريق، ستصل إلى حلمك يومًا ما يا رفيقي.

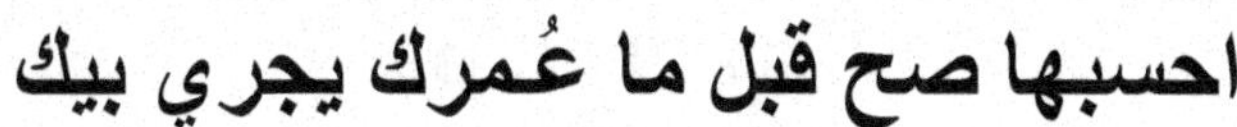

احسبها صح قبل ما عُمرك يجري بيك

بلاش تقعد في مكان مش مُناسب ليك أو تعيش مع شخص مش حـاسس بيك، أخرتها كسرة،

هتفوق تلاقي العمر راح منك، وسبب كُل ده انتظار شخص كان تركيزه على عيبك ومش بيحبك، وعاش عُمره مبسوط ومتهني وأنت في بُعده مكسور ومستني فرحتك برجوعه.

فراق الموت

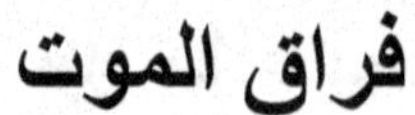

عندما تفقد أحدًا ويكون من أغلى الأشخاص في حياتك تأكد أنك تدمرت، فراق الموت مؤلم جدًا؛ لأنه ذهاب دون عودة.

إنه لشيء مؤلم عندما ترى أحدهم يُدفن تحت التراب وأنت ما بيدك شيء سوى أن تدعو له.

بالله لو علمنا أن فراقك يؤلمنا هكذا لما ابتعدنا عنك لحظة.

الضغط النفسي

لا تحكم على أحد دون أن تعرف ما الذي يعاني منه...

كان في يوم ما امرأة تسقط من مكان عالٍ، وكان زوجها يمسك يدها، وكان هناك فوق ظهر الزوج حجر كبير من الصخر، وكانت المرأة تعاني من ثعبان يحاول أن يلدغها في يدها التي في داخل الجحر...

تفكير المرأة:

لماذا لا يحاول أن يخرجني قبل أن أموت من الثعبان وأسقط؟

وكان تفكير الرجل:

لماذا لا تحاول أن تساعدني حتى أخرجها قبل أن أموت من الصخرة؟

هذا هو الضغط النفسي.

معنى هذه القصة: ألا تحكم على أحد دون أن تعرف ما يعاني منه يا رفيقي.

كُنت صغيرًا، وكُنت أتمنى الكثير من الأشياء التي أحبها، عندما وضعت حلمي أمامي، ووضعت الجميع في وضع صامت وكنت في طريقي حتى أحقق أحلامي، أصبحت الآن متفوقًا وأنا اليوم النجم الساطع، أحببت الحياة عندما وصلت إلى كل شيء كنت أتمناه يومًا ما.

بلاش الطيبة دي مع ناس متتوصاش، عيبوا فيا كمان وقولوا، وبكرة أكون أنا ليكم حلم وأكبر ما فيكم مش هيطولوه، بالله كرهكم ليا قواني ومن سواد قلبكم نجاني، هفوق لنفسي ودي حياتي ويحقلي أختار.

الباب يفوت جمل واللي مش عايز يكمل يا ريت ينساني.

اعلم يا صديقي هذه الجملة، نحن نعيش في دنيا أُناسها خائنين، وهم يظلمون والحقد في قلوبهم،

لا يحبون أن يكون أحد أفضل منهم، يعيبون كُل من على الأرض وهم في الطبيعة تُراب، أعلم هذا...

عندما يكون لك أعداء وأُناس يحبطونك

ويتمنون سقوطك تأكد جيدًا أنك على طريق النجاح،

اعمل أنت على تفوقك، أكمل حياتك ولا تشغل بالك بأحد.

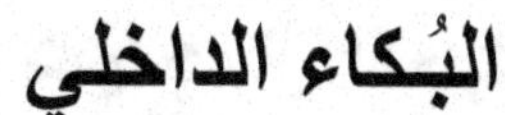

لماذا عندما ترى من تحبه تلمع العيون وتبكي الروح في داخلها ولا تعلم السبب؟

عندما ترى من أحببته بعد غياب لا تعلم هل أنت سعيد أم حزين؛ لأن أخذت وقتًا كثيرًا لتحاول النسيان، وعندما تصل إلى بر الأمان تجد نفسك غارقًا في حيرة وبحر دموع وتفكير، هذا هو سبب البكاء الداخلي عند لقاء من نحبه.

الحب ده شيء جميل

عن إحساس الحب لما تسهر مع من تحبه

طريق الحب طويل،

ولا تزهق

ولا تمل في يوم منه،

الحب إحساس مثل لقاء طفل بأمه بعد غياب وعذاب سنين، طريق الحب صعب يكمل بسهولة وصعب تلاقيه، الحب مع الشخص الوافي بسهولة، الحب يسند وكفوف تشيل ما تميل.

يذهب العمر في انتظارك،

وأنت لا تعلم بما أمر به

وتتجاهلني بالفعل.

أوقات يأتي إلينا الحب غلطة مثلي أنا، يكتب على قلبي نارك عندما أراك مع غيري وأنا أحبك.

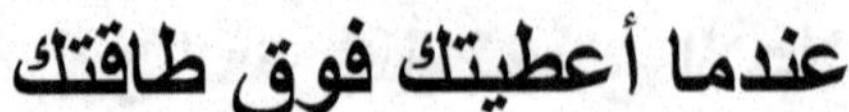

عندما أعطيتك فوق طاقتك

يظهر إني أعطيتك فوق طاقتك حبًا وحنانًا وطيبة، وسهرًا وغرامًا، لماذا كسرت قلبي؟ بالله ما أحببت أحدًا سواك أنت، لماذا تخسر قلب شخص أحبك وما رأى بحياته غيرك؟

اتركهم على راحتهم

اتركهم يرحلون، حتى يأتي اليوم الذي يكسر فيه البُعد قلوبهم.

لا يوجد أحد يتحمل أسلوبكم هذا سوى قلبي أنا؛ لأني أحببتكم بالفعل، وأنتم خذلتموني عندما وجدتم البديل.

سيأتي يوم جديد وأنتم لستم معي فيه.

ويبقى الحب الجميل أوقاته قصيرة

الاطمئنان والإحساس بالأمان مع من نحبه أصبح شيئًا نادرًا، وليس متوفرًا سوى في أوقات محدودة.

أصبحنا في زمن عبارة عن أشخاص تحب أشخاصًا؛ لكي تنسى أشخاصًا أو تقهر أشخاصًا آخرين، وهكذا هو حال الحياة؛ فعندما يجدون من يحبهم بصدق يجرحون قلوبًا أحبّتهم يومًا ما.

عن جمال البداية، وجرح النهاية

عرفتك بدون علم وترتيب أوقات، يجمعنا الوقت دون أسباب، ونصيبي هو أن أحبك.

البداية كانت جميلة جدًا وأحببتها لدرجة تقهرني الآن.

لا أستطيع نسيانك، الحب دائما يترك علامة، حلوة كانت أو سيئة فهي تدوم مدى الحياة.

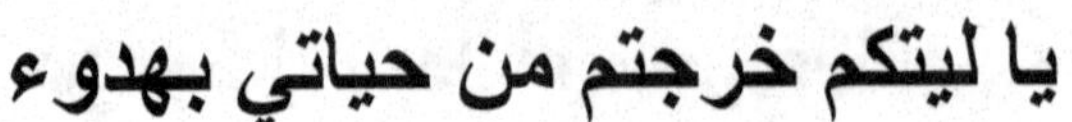

يا ليتكم خرجتم من حياتي بهدوء

لماذا لم تذهبوا في هدوء وأمان؟

أحببتك بعدد نقاط المطر ثم زرعتك وردة داخل قلبي وأسقيتك كل هذا العمر الذي مضى بدموع الحب والخوف والغيرة عليك، خسرت كل من كان حولي ويُحبني بصدق، فارقتهم لأجلك،

لماذا خذلتني ولم تترك خلفك سوى الخراب؟ وضعت قلبي وحيدًا وفي الظلام.

لا تنتهِ الحياة دون موت

لم أكذب حين قلت أحببتك كالحياة، والحياة لا تنتهِ إلا بالموت، رحلت وغِبت ثم تريد أن تجعلني قادرًا على تحمل رحيلك، بالله نفسي تبكي على نفسها مما حصل بها في البعد عنك.

للأسف يفوت العمر دون فرح ثم تتبدل الابتسامة إلى جرح.

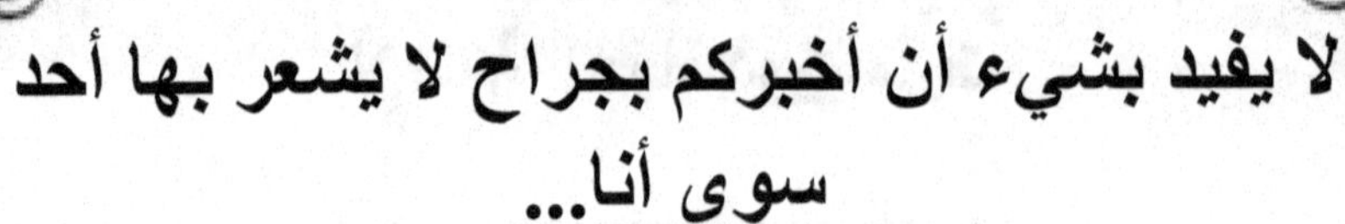

بالفعل أنا أتألم بداخلي، وسبب هذا أني أكتُم الجراح بقلبي.

لا يفيدني بشيء عندما أحدثكم بما في داخلي.

سلام لمن وجد البديل فاستغنى

يرحلون عندما يجدون البديل، ويرجعون عندما تستقر حياتنا، يحبطونك ويبعدونك عن حلمك، وفجأة يتحول الحلم إلى كابوس، لا يحبون أحدًا سوى مصلحتهم، مهما كان حجم حبك ليهم في قلبك يغدرون بك عندما يظهر لهم بديلك.

رحيل من نحبه يؤلم

ما جبرتكم على البقاء معي، ولا جبرتكم على أن تخدعوا قلبي بحبكم حتى تبتعدوا، أحببتكم بدون قصد؛ لأني كُنت أراكم أجمل ما في الأرض في البداية، أحببت الحياة حتى رسمت طريقنا، لا أعلم متى أحببتك ولكن عندما اشتد الظلام في منتصف الطريق علمت أننا افترقنا.

عشقت الهدوء وأحببت الليل حتى أبكي ولا أحد يراني،
وأحلم بك وأراك في خيالي.

عندما افترقنا لم أكن أعلم أنك تفكر بي مثلي

ولم تنسَ أيامي أو تنسني.

ربي عوضني بالأجمل

سأصبر يا ربِّ حتى تقرب لي من أحببته...

اللهم لا تشغل قلبي ولا تعلقني بأحد وهو يحب أحدًا غيري فيجرح قلبي بالفراق، اللهم ارزقني بالعوض الجميل.

****

عازف على وتر الحزن

يتراكم الحزن على قلبي ولا أعلم ما هو السبب الذي يُحزن قلبي، لا أعرف كيف أجعل حياتي سعيدة، أعتقد أني كنت أثق بأشخاص أحببتهم بطريقة تؤلمني الآن

تؤلمني وحدتي

كنت أسند الجميع وكنت أفعل أشياء جميلة؛ حتى أُسعِد قلوبهم، حتى أتى اليوم وجرحوا قلبي وحطموا حياتي.

أخبرتهم عن نقطة ضعفي ولكني أخبرتهم كيف يجرحونني، ابتعدوا عني عندما تمسكت بهم.

حنين الفراق

وإذا رأيتك ذات يوم بعد مرور وقت غياب طويل

ووجدت قلبي يرق لك وشعرت بالحنين تجاهك اعلم أن هذا أكبر إثبات على أني أحببتك.

لم أستطع نسيان عينيك حين قالت: لا تتركني أو تنظر إلى غيري.

حبي لكك كان اختياري، ولكن البعد عنك ليس قراري.

لا أستطيع سماع اسمك في وسط الكلام ولا تدمع عيني، لا أستطيع أن أرى أحدًا يتحدث عنك، وأظهر أني لم أسمعه.

وهيفيد بإيه فُراقنا وأنا وأنت مشتاقين؟

قالوا: حب نفسك وعيش، قلت: هي نفسي وأنا عشانها بعيش.

وحين سألوني: لماذا لم تحب غيرها؟ قلت: من المؤكد أني في يوم سأعود إليها.

لم أكن أكذب حين قلت: أحببتك كالحياة، والحياة لا تنتهي إلا بالموت.

رحلت وغبت ثم جعلتني قادرًا على رحيلك...

بالله نفسي تبكي على نفسها مما حصل بها.

للأسف يفوت العمر دون فرح حتى تتبدل الابتسامة بجرح.

عندما أفقد الأمل نلتقي يومًا ما

أكتب لكِ رسالة أتمنى أن تصل إليكِ يومًا ما،
أتمنى أن ترجع إليّ أنت وقلبي الذي أخذته معك يوم الفراق.

كُل يوم أدعو الله ربِّ أن يستجيب لي لتعود إليّ نتحدث سويًا، بدلًا من أني أتحدث مع صورتك وأحتضنها ولا يفيدني هذا بشيء، لا يجلب لي سوى سواد الجفون من البكاء الدائم.

على أمل أن نلتقي يومًا ما، وتكون أنت ما زلت تتذكرني.

ماذا أخذت من السهر غير سواد الجفون؟

بسهر وبسهر بالأيام

طول منتي مش معايا أنا مش بنام، ويا ريت البعد حل، الفراق مش لينا ولكن ده قدر ومكتوب، نصيبي أفارقك وهعمل إيه؟ عِشت راضي بأي حاجة وكل حاجة كنت عايش بيها معاكِ راحت، حتى يوم الفراق ما أخذت منكِ سوى السكوت حتى وقف نبض قلبي وبعتبر قلبي مات.

لم أكن أعلم أنني سأصل لهذه الدرجة يومًا ما؛ بعدما كنت أنا أقرب شخص إليك أصبحت الآن لا أستطيع التحدث معك دون استئذان...

سبحانه من غير الأحوال...

اللهم لا تجعلني ثقيل على أحد.

بتكون القعدة لمَّانا، وصحبة وضحكة جمعانا وشاي السهرة ياما أحلى، في مننا بيحب الخير لصحبه وصاحب باقي على صحبه، وفي واحد يكون غيران.

في يوم الصحبة يضربها الكيف وبقا إدمان، وفجأة الصحبة كرهتني عشان سالك وبحمد ربّي وعمري في يوم ما دُقت الكيف، قالوا عني إنسان ضعيف وفارقوني، صحيح زعلت لكن زعلي قواني، حبيت نجاحي وأتمنى أكمل، مش فارقه معاهم أو وحداني، أكيد مبسوط بنفسي وفخور بيها.

لا عمر الكيف ملكني... صحيح القعدة معاهم بتهون لكن فيها كيف والكيف بيذل، توحشني القعدة واللمة، بقينا في الشارع بالصدفة نتقابل ونسلم بعنينا، ودا حال السهرة واللمة، تكون حبيبهم أوي لما متكُنش أحسن منهم وإن يوم يمدحوا فيك أهلك ويقولوا أحسن ما فيهم، ويعيبوا فيك صحابك ويجيبوا الصورة تكون فيها أنت قاعد وتكون في الأهل مكسورة...

لكن الصحبة مبسوطة.

لما سألوني: هتبني نفسك ازاي؟ أرد ازاي على خلق بعيونها شيفاني بقيت حيران وكأني عايش في كوكب تاني، ياما ناس كنت أتمنى وجودهم خذلوني، وكان بُعدهم بيغير حياتي فجأة وتكون الكسرة مش توبي، يوماتي أحزن وأنام باكي وأقول أهو قدري ومكتوبي، بكون فرحان وأنا معاهم وفي يوم عن ونيس العمر الليل بعّدني وأقوم الصبح متعود على وجوده لكني ملقتهوش، يفوت العمر في بعاده وفي غير أحلامي مبشفهوش، بكون فرحان وأكون مبسوط وفجأة أعيط على نفسي منا أصلًا أذيت نفسي بقولي سامحني، ويا ريت أقبل الأعذار؛ عشان موجوع ومش مرتاح، يا ريت أقبل الأعذار.

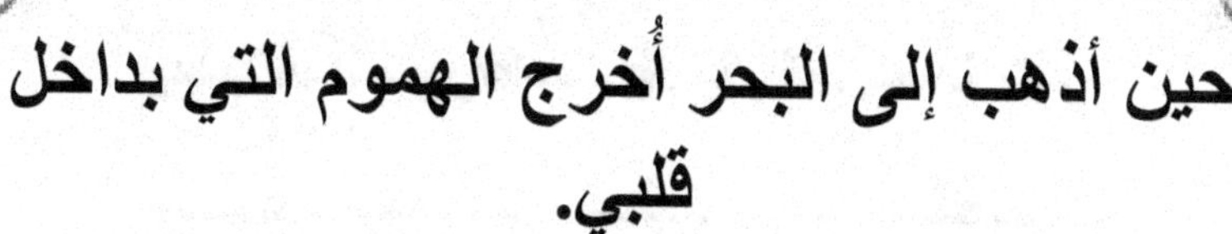

كنت في يوم ما ذاهبًا في طريقي إلى البحر

حتى أخرج الهَمّ من داخل قلبي، سمعت صوت أحدهم يقول: جميل هذا الشخص حين يكون منكسر القلب ولا يخبر أحدًا حتى يحمل عنه الهموم، ولكن رغم ذلك لا يتظاهر أمامنا أنه يتألم، عظيم جدًا هذا الشخص.

دمعت عيني ثم قال عقلي:

يا ليتهم يعلمون ما بداخلي حتى يعلموا إلى أين أذهب حتى أريح قلبي، وذهبت إلى البحر لأشكو إليه.

يعلم الله أني رضيت ثم بكيت غصبًا عني

يعلم الله أني رضيت بحكم القدر ولكني بكيت غصبًا عني، لا يتحمل قلبي كل هذا الوجع.

****

أحاول الامتناع عن البُكاء

حين تصعب عليّ نفسي وأتذكر الأيام الجميلة، شعرت بالبُكاء، أغمضت عيني حتى لا أبكي من شدة الحزن ولكني نزفت نهرًا من دموع عيني.

لا يشترط أن تكون حرقته في الابتعاد

لا يشترط أن تكون سعادتنا مع الشخص الذي أحببناه، من المحتمل أن تكون السعادة في الابتعاد، لا تصدر حكمًا قبل أن تأخذ القرار.

****

من يشعر بحزنك من نبرة صوتك أثناء حديثك معه، من لا يفهم من نبرة صوتك أثناء كلامك إن كنت تعاني أم لا فهو لم يكن يحبك منذ البداية.

لُغة العشاق هي نظرات العيون، من يصل إلى هذه الدرجة فهو قد أحب من كل قلبه.

أبحرت في أعمق البحار حتى أصل إليهم ثم أغرقوني بها، كل من هاجرت وأبحرت في أعمق البحار حتى أصل إليهم، كان رد جميلهم إليّ أنهم أغرقوني في بحورهم، وهذا كان عقابي.

****

حين لا تعرف كيف تصف شعورًا داخلك إلى الآخرين، وإن كنت على حق وجلست في مكان لكي تتعاتبوا ولا تعرف كيف تثبت لهم أنك على حق، ولا تعرف كيف تصف لهم إحساسًا لا أحد يشعر به سواك، أعلم أنك تمتلك قلبًا أبيض ولكن أهلكته الحياة.

لا أحتاج غير الوحدة

حين يتأذى قلبك من أحدهم، لا تستطيع أن تفعل أي شيء سوى الابتعاد عن كل البشر وأن تعيش في هدوء مثل هدوء الصحراء.

******

بعض المواقف تكشف ما بداخلهم

بمرور الوقت سيظهر أمامك كل شيء في داخلهم حتى سواد القلوب، سيظهر عند أول احتياج لهم، ضعهم على ما يريح قلوبهم، سوف يكشف لك حقيقتهم عند احتياجك لهم في بعض المواقف.

سيب لبكرة ذكرى حلوة تعيش عشانها، سيب اللي باع ياخد نصيبه من الدنيا، وسيب لبكرة سمعة حلوة تستاهل تعيش عشانها، تخدعنا المظاهر ونبرة الكلام، فكل ضحكة تخفي كلام ما ينطقهوش لسانهم غير في وقت الجد، كون على وعد إنك لا تحب ولا ترضى في يوم بوجع القلب.

****

بلاش تمشي ورا اللي يقول مش هسيبك

وإن يوم تيجي عليا الدنيا بتحمل قسوتها لوحدي، وأصحى من النوم على حلم وأقوم مخنوق، بتعلق دايمًا وأصدق في وعود كدابة.

للدنيا مخرج واحد، أحسنوا الختام حتى تخرجوا منها بسلام

الدنيا ليست مستقرة، الحياة لا تنتظر أحدًا حتى تذهب دون عودة، حين ولدتني أمي لم أكن أحمل كل هذا الوجع، حتى أنني لا أعرف هل سيدفن معي أم سيتركني عند قبري وسأذهب وحدي؟

64

أخاف أن أكون عصيت ربي دون أن أعلم، ليس للحياة مخرجان، ما دمت تنوي الخير فأنت على طريق الخير.

ليس كل شيء يستحق ترميمه

في قلبي كسور تحتاج ترميمًا من أشخاص كسروه، ليست كل الأشياء تستحق الترميم، بعضها يستحق الهدم، مثل قلبي حين تحطم من أحدهم.

المحتوى

عندما تكون الحياة مسرحية 2

حين تنعدم الثقة بيننا 4

عندما يأتي الليل 5

حين يحتار الجميع في أمري 6

لا أثق بأحد سوى نفسي 7

الوداع الأخير بيننا 8

قلبي مُتيم بك، كيف أنساك؟ 9

لا أحد يهتم بحزني 10

ابتسامة أمي تكفي 11

سأذهب بهدوء 12

أيام من حياتي 13

حين يبكي الرجل 14

أحسن اختياراتك 15

الحب هو وردة تروى بماء الصدق والوفاء 17

------------------------------- 17

مش هقول إنك خسرتي 18

خليني أشوفك لو صدفة 21

لم يحب أحد أي أحد 22

لا تحزن هناك من يحبوننا ونعشقهم 23

ما خسرت شيئًا من بعدكم 24

عن إحساس الغربة 25

الحب بداخلي 27

عندما مات شخصي المفضل... 28

اختيار ربنا لينا أحسن 29

لا تشغل بالك بأحدهم 30

احسبها صح قبل ما عُمرك يجري بيك 31

فراق الموت 32

الضغط النفسي 33

الأمل في داخلي 34

متكونش طيب مع ناس متستهلش 35

البُكاء الداخلي 37

عن جمال الحب 38

عندما أعطيتك فوق طاقتك 40

اتركهم على راحتهم 41

ويبقى الحب الجميل أوقاته قصيرة 42

عن جمال البداية، وجرح النهاية 43

يا ليتكم خرجتم من حياتي بهدوء 44

لا تنتهِ الحياة دون موت 45

لا يفيد بشيء أن أخبركم بجراح لا يشعر بها أحد سوى أنا... 46

سلام لمن وجد البديل فاستغنى 47

رحيل من نحبه يؤلم 48

طريق الظلام 49

ربي عوضني بالأجمل 50

عازف على وتر الحزن 50

تؤلمني وحدتي 51

حنين الفراق 52

لم أكن أكذب حين قلت: أحببتك كالحياة، والحياة لا تنتهي إلا بالموت. 53

عندما أفقد الأمل نلتقي يومًا ما 54

ماذا أخذت من السهر غير سواد الجفون؟ 55

بعدما كان قلبي من المقربين إليك أصبح غريبًا 56

شباب سني 57

حين أذهب إلى البحر أخرج الهموم التي بداخل قلبي. 59

يعلم الله أني رضيت ثم بكيت غصبًا عني 60

أحاول الامتناع عن البُكاء 60

لا يشترط أن تكون حرقته في الابتعاد 61

لا أحتاج غير الوحدة 63

بعض المواقف تكشف ما بداخلهم 63

بلاش تمشي ورا اللي يقول مش هسيبك 64

ليس كل شيء يستحق ترميمه 65